Patrik P. Musollaj

P.P.M

Kein Ausweg

+ Kurzgeschichte +

Bibliografische Informationen der Deutschen Nationalbibliothek: Die Deutsche Nationalbibliothek verzeichnet diese Publikation in der Deutschen Nationalbibliografie; detaillierte bibliografische Daten sind im Internet über dnb.dnb.de abrufbar.

© 2022 Patrik Musollaj

Herstellung und Verlag: BoD – Books on Demand, Norderstedt

ISBN: 9783756834051

Eine Science-Fiction-Kurzgeschichte

Inhalt

Inhalt I

17. Juni 2022 – 00:13 Uhr, das Inferno 9

11:23 Uhr, im Tiefschlaf 14

11:45 Uhr, drückende Hitze 17

11:57 Uhr, eine Überraschung 19

12:07 Uhr, wie ungeschickt 24

12:16 Uhr, eine Zeitreisende 26

12:30 Uhr, die Panne 30

13:17 Uhr, Konzentration 36

13:33 Uhr, Miauzi 39

13:40 Uhr, der Antiheld 41

13:49 Uhr, aus der Sicht von Zara 44

11:56 Uhr, Versuch 198 47

Nachwort des Autors 52

Der Autor – Kurzbiografie und Werke 53

Weitere Werke von Patrik Musollaj 54

II

17. Juni 2022 – 00:13 Uhr, das Inferno

Zwölf Minuten war es her, seit der Alarm bei uns eingegangen war. Mein Kumpel Jason und ich kamen als Erste zum Ereignisort. Einem aufmerksamen Einwohner war eine starke Rauchentwicklung in einer Wohnung an der Linsenbühlstraße aufgefallen.

Da wir nur im kleinen Einsatzfahrzeug unterwegs waren, konnten wir im ersten Moment nicht viel unternehmen. Wir konnten uns einen Überblick verschaffen und die Werkzeuge vorbereiten, bis die ganze Truppe nachrücken würde. Also taten wir dies.

Wir schauten, wo die nächsten Hydranten standen, in welchem Stock es brannte und ob es spezielle Einsatzkräfte brauchen würde. Um die Bewohner dieses Hauses zu wecken, drückten wir alle Klingeln beim Hauseingang. Es schien zu funktionieren. Viele Bewohner kamen aufgrund des Lärms, den wir verursachten, aus ihren Wohnungen.

Eine ältere Dame fiel dabei besonders auf. Sie kam verzögert aus dem Haus gelaufen. Als sie Jason und mich sah, rannte sie direkt auf mich zu und packte mich mit beiden Händen an der Brust. „Bitte, meine Tochter ist im obersten Stockwerk ..."

Sie konnte nur schwer atmen. „Sie hat ein Kind, ich habe versucht ihre Tür zu öffnen, aber sie war verschlossen. Bitte helfen sie ihr!"

Ich griff an ihre Handgelenke und löste sie von meiner Kleidung. „Beruhigen Sie sich, bitte. Wir werden alles dafür tun, Ihre Tochter aus diesem Haus zu befreien."

Jason griff der Dame unter die Arme und brachte sie zu den anderen Bewohnern, welche sich genügend weit von dem brennenden Haus versammelt hatten und die Situation beobachteten.

Von oben hörte ich plötzlich, wie eine Scheibe durchbrochen wurde. Eine Frau mit einem Kind in den Armen versuchte offenbar mühsam nach Luft zu schnappen.

Die Menschen am Boden waren schockiert und konnten ihren Augen nicht trauen.

„Tun Sie doch etwas!", rief jemand aus der Menge.

Ich kannte die Regeln. Wir durften in keinem Fall alleine in ein brennendes Haus gehen, doch das Feuer schien noch überschaubar zu sein. Ich könnte diese Frau noch aus diesem Haus befreien. Ich wusste, dass Jason mich aufhalten würde, deswegen zog ich mir einfach die Sauerstoffflasche über, fixierte sie an meinem Helm und lief ins Haus. Bevor ich losging, überlegte ich erneut nach. Würde sich das wirklich lohnen? Ich könnte auf die Verstärkung warten.

Über Funk hörte ich Jason mit den anderen Kollegen kommunizieren. „Verstärkung ist in acht Minuten da", sagten sie zu ihm.

Ich hatte ein Eisen in der Hand. Damit sollte sich die Wohnungstür leicht öffnen lassen. Acht Minuten waren einfach viel zu viel. Ich lief die Treppen hoch und sah die Tür. Sie war die einzige, welche noch nicht geöffnet war.

Mit voller Kraft schlug ich gegen das Schloss. Die Tür ging relativ leicht auf. Es war ein älteres Gebäude mit einfachen Schlössern.

Aus der Wohnung kam viel schwarzer Rauch. Über Funk hörte ich Jason wieder, dieses Mal sprach er mich an: „Rob, wo bist du, Rob, antworten."

Mittlerweile war auch der Rest der Truppe angekommen.

Ich ging in die Hocke und versuchte mich in der Wohnung zu orientieren. Ich wusste, in welche Richtung ich laufen müsste, da ich die Frau mit ihrem Kind am Fenster gesehen hatte.

„Ich bin oben und hole die zwei Personen hier raus", antwortete ich über Funk.

„Ach du Scheiße." Ich hörte meine Kollegen fluchen. „Rob, das Dach wirkt sehr unstabil, komm da sofort raus!"

Ich war schon viel zu weit. Ich konnte die Frau und ihr Kind am Fenster bereits sehen, als irgendetwas in der Wohnung plötzlich explodierte.

„Was zum Teufel?!" Der Druck brachte mich zu Fall. Nach der Explosion wütete das Feuer umso mehr. Teile des Daches fielen auf den Boden. Ich realisierte erst jetzt, was für einer Gefahr ich mich ausgesetzt hatte.

Bei der Explosion flog ein Gegenstand gegen mein Bein, ich konnte es nur noch mit großer Mühe bewegen. Das Adrenalin half mir, die Schmerzen und die Hitze zu ignorieren. Doch für wie lange?

Ich blickte auf die Frau mit dem Kind, welche mittlerweile aufgegeben hatte und ebenfalls am Boden lag. Aus irgendeinem Grund erinnerte mich diese Frau am Boden an meine Schwester, die ich seit Jahren nicht mehr gesehen hatte.

Ich musste etwas tun, also ging ich auf allen Vieren weiter. Um mich stand alles in Flammen. Egal wo ich hinsah, Feuer. Es kam mir vor, als würde mir eine menschliche Gestalt entgegenkommen. Eine menschliche Gestalt mit spitzen Ohren, oder waren es Hörner? Ich konnte ich es nicht wirklich erkennen. Ich sah, wie die Gestalt mir immer näher kam. Meine Atmung wurde unregelmäßig, mein Körper schwach. Ich hatte bereits keine Kraft mehr. Zu unvorbereitet war ich ins Haus gegangen.

„Halte durch, Rob. Wir kommen …", hörte ich meine Kollegen sagen.

Ich fiel zu Boden, die Hitze wurde immer unerträglicher. Dieses Wesen war direkt neben mir. Ich hörte es sagen: „Du wirst für deine Taten bezahlen."

Angesengt durch das Feuer fing ich an, mich qualvoll am Boden zu wälzen. Ich spürte, dass es gleich vorbei sein würde. Mein Puls wurde langsamer und mein Herz war wohl kurz vor dem Ende.

Plötzlich endete alles. Ich erwachte in meiner Wohnung. Es war mitten in der Nacht. Ich zitterte am ganzen Körper und schnappte nach Luft. Ich blickte in der Dunkelheit kurz umher, bis ich realisierte, dass ich sicher war.

Diese Träume wurden in letzter Zeit immer schlimmer, ich musste dagegen wohl etwas unternehmen.

Seitdem ich bei der Feuerwehr war, kämpfte ich mit unruhigen Nächten. Nichtsdestoweniger legte ich mich wieder hin und versuchte erneut einzuschlafen.

11:23 Uhr, im Tiefschlaf

Ich erwachte ein zweites Mal. Diesmal ausgeschlafen, aber schweißgebadet. Mein T-Shirt war durchnässt. Es war mir darin sehr unangenehm. Auch meine Unterhosen kniffen und lagen unbequem an.

Von meinem Schlafzimmer hörte ich, wie der Verkehr vor meiner Wohnung deutlich zugenommen hatte. Ich blickte erschöpft auf mein Smartphone. Da ich an einer vielbelebten Kreuzung hauste, begann um diese Zeit der Mittagsverkehr.

Eineinhalb Stunden später als geplant stand ich endlich von meinem Bett auf. Ich hatte den Wecker nicht gehört. Mühsam hievte ich meinen Körper hoch. Auf meiner Bettkante blieb ich kurz sitzen.

Ich blickte erneut auf den Bildschirm des Smartphones und sah eine Benachrichtigung. Die Nachricht war von meiner Schwester. Ausgerechnet jetzt, als ich von ihr geträumt hatte. „Was wollte sie denn von mir?", fragte ich mich. „Sie hat sich so lange nicht mehr gemeldet, also kann sie auch noch ein paar Minütchen länger warten."

Ich musste Gas geben, wenn ich vor dem großen Ansturm etwas zu essen haben wollte. Um 12 Uhr macht scheinbar jeder Pause. Alle Bauarbeiter und das ganze Büropersonal. Und davon gab es hier unfassbar viel.

Ich hatte keine Lust, lange auf mein Essen warten zu müssen oder nur die Reste abgreifen zu können.

Der Einsatz gestern Abend war härter als erwartet gewesen. Ein Auto, mit stark überhöhter Geschwindigkeit, war unkontrolliert auf die Schienen geschleudert und hatte einen großen Schaden verursacht. Glücklicherweise war es dieses Mal bei einem Materialschaden geblieben.

Nach einigen Minuten schaffte ich es endlich auf meine Beine. Ich stand auf, ging sofort zum Kleiderschrank und zog meine durchschwitzte Kleidung aus.

Um schnell etwas Essbares zu holen, brauche ich nicht geduscht zu sein, dachte ich zuerst. Allerdings musste man mir meine verschwitzte Nacht trotz gewechselter Kleidung doch recht stark anmerken.

Um meine Mitbürger nicht zu verstören, ging ich also ins Bad und ließ das Wasser laufen, bis es die maximale Kälte erreicht hatte. Ich stieg in den eiskalten Strahl und wusch für einige Sekunden den Schweiß ab, ohne Shampoo. Dann tupfte ich mich mit einem Handtuch trocken und schaute auf meine Zahnbürste.

„Ach, Scheiß drauf."

Es wäre nicht sinnvoll, sich jetzt um die Zahnhygiene zu kümmern, wenn ich in ein paar Minuten sowieso etwas essen würde.

Also lief ich in die Küche und schob mir zwei Kaugummis in den Mund. Kaugummis mit Pfefferminzgeschmack. Das musste für den Moment ausreichen.

Bevor ich die Wohnung verließ, blickte ich beim Ausgang in den Spiegel. Ich sah gut aus. Die zerzausten Haare standen mir gut. Ich zwinkerte mir selbst zu.

Noch ein letzter Check. „Schlüssel ... habe ich. Portemonnaie ... habe ich. Handy ... wo ist mein Handy?"

Hektisch tastete ich mich durch meine Kleidung. Ich bemerkte schnell, dass ich mein wichtigstes Kommunikationsmittel nicht bei mir hatte. Ich hatte nicht viele Optionen, meine Gegenstände in meinen Taschen zu verlieren, da ich nur eine kurze Hose und ein T-Shirt anhatte.

Also lief ich zurück in mein Schlafzimmer, sah mein Smartphone auf dem Nachttisch und griff danach.

„Scheiße, ich habe vergessen es aufzuladen", fiel mir beim Draufschauen auf. Ich steckte es in meine rechte Hosentasche und lief ein weiteres Mal zum Ausgang. Die 31 % Ladung würden bis zum Nachmittag reichen.

Erneut vor dem Spiegel kam mir in den Sinn, dass ich die Wohnung gar nicht gelüftet hatte. Nun war es aber ohnehin viel zu spät. Ich wollte nicht noch mehr Hitze hereinlassen. Ich öffnete die Tür, trat hinaus, schloss ab und ging die Treppenstufen hinunter.

Diese quietschten und knirschten unangenehm. Es war ein älteres Gebäude, in dem ich lebte, aber ich war zufrieden. Außerdem wohnte ich ganz oben, also war ich eher der, welcher Lärm verursachte, und nicht der, welcher den ganzen Lärm abbekam.

Dafür hatte ich wahrscheinlich am meisten mit der Hitze zu kämpfen. Gefühlt war es wie in einer Sauna.

11:45 Uhr, drückende Hitze

Unten angekommen öffnete ich die schwere Eingangstür des Gebäudes. Eine enorme Hitze kam mir von der Hauptstraße entgegen. Vor mir standen Autos in einer Kolonne. Ich wohne an einer großen und viel befahrenen Kreuzung mit einem wirren Ampelsystem. Zur Mittagszeit ist es hier für gewöhnlich voll und die unzähligen Busse der öffentlichen Betriebe machen die Situation nicht besser. St. Gallen ist bekannt für seine Busse.

Schließlich trat ich aus dem Haus. Von oben brannte die Sonne auf meinen Kopf und von unten drückte die Wärme vom Asphalt hoch. Ich hasste dieses Gefühl. Es kam mir vor, als hätte ich den ganzen Tag verpennt. Eigentlich war es auch so. Alle anderen gingen ihrem Alltag nach und ich suchte verschlafen nach etwas Leckerem zu essen.

Ich lief etwa 80 Meter an den vielen verschiedenen Lokalen vorbei und stand nun mitten auf der bekannten St. Leonhard-Brücke. Ich blieb stehen und griff an das Geländer auf der rechten Seite.

Unter mir fuhren gerade Züge am Hauptbahnhof ein und aus. Ich freute mich jedes Mal, hier stehen zu bleiben. Die Züge faszinierten mich.

Mein Blick ging dieses Mal in die Richtung des alten Güterbahnhofs. Vor einem Jahr war ich selbst noch ein Bauarbeiter bei der Bahn und hatte an dieser riesigen

Baustelle mitgewirkt. Ich verfiel für einen kurzen Augenblick meinen Erinnerungen aus alter Zeit. Ja, schön war es gewesen. Was wohl meine alten Kollegen bei dieser Hitze machten?

Ich blickte auf meine Uhr. Es war schon zehn vor zwölf. Wenn ich noch länger trödelte, würde ich keinen Sitzplatz bekommen. Ich entschied mich spontan in eine Gartenwirtschaft zu gehen. Sie war nur noch wenige Meter entfernt. Dort hatte ich bereits des Öfteren etwas verspeist. Der Inhaber hatte hier in St. Gallen einen guten Namen und ich hatte schon länger ein Auge auf eine Kellnerin von dort geworfen. Emily war ihr Name. Vielleicht vertrieb ich mir deswegen so oft meine Zeit dort.

Ich lief ums Eck und sah keine Autos auf dem Parkplatz. Die Tische draußen waren, bis auf wenige, unbesetzt. Der Ansturm schien noch nicht angekommen zu sein. Zum Glück!

Auch wenn es verlockend war, draußen Platz zu nehmen, entschied ich mich hineinzugehen. Ich musste dieser Hitze entkommen. Also lief ich die kleine Treppe zum Eingang hinauf und öffnete die Tür. Überraschend kam mir eine Kaltfront entgegen. Die Betreiber des Lokals mussten wohl die Klimaanlage eingeschaltet haben. Ach, war das ein schönes Gefühl.

11:57 Uhr, eine Überraschung

Ich trat in das Lokal, sah, wie die Kellnerinnen die letzten Tische für die Gäste mit Besteck bestückten und die Tische zurechtschoben. Manchmal war es so voll, dass man nur mit einer Reservierung einen Platz bekam. Dies war meine größte Sorge. Ich reservierte nie.

Ich war noch keine fünf Sekunden drin, als mich von der Ecke links von mir jemand lautstark ansprach.

„Hey, Rob!", rief eine Dame mir zu. Ich kannte, bis auf die paar Kellnerinnen in diesem Lokal, keine Frauen in der Stadt. So lange war ich noch nicht hier und es war schwierig, neue Leute kennenzulernen. Voller Neugier drehte ich mich zu der Frau hin.

„Zara?" Ich konnte meinen erschöpften Augen nicht trauen.

Meine Schwester, welche ich seit Jahren nicht mehr gesehen hatte, saß im selben Lokal wie ich.

Sie wartete mit offenen Armen auf mich, wirkte aber leicht gestresst.

Ich lief ihr entgegen und umarmte sie. Mann, war das schön. „Was machst du denn hier, Zara?", fragte ich, löste mich von ihr und setzte mich ihr gegenüber hin. „Ist hier noch frei?", scherzte ich mit einem müden Lächeln.

„Naja, Lia wäre bestimmt verärgert gewesen, wenn ich bei dir zu Hause aufgetaucht wäre. Du weißt doch, wir verstehen uns nicht so gut ..."

Ich merkte, wie unangenehm es ihr wurde, als sie Lia erwähnt hatte.

Zara war nicht auf dem neuesten Stand, was Lia anging, so lange hatten wir uns nicht gesehen. „Hey, ich wollte mich nicht beschweren, aber ich dachte, du arbeitest an der nächsten Mondrakete oder an einem fliegenden Auto", meinte ich albernd. Aus dem Lächeln wurde ein lautstarkes Lachen.

„Herrje, wie lang ist es her, dass wir uns das letzte Mal gesehen haben …"

Noch bevor ich mit meinem Satz fertig war, mischte sich Zara ein und unterbrach mich.

„Exakt sechs Jahre, sieben Monate und 22 Tage."

Ich war überrascht. Zara hatte sich genau gemerkt, wie lange wir uns nicht mehr gesehen hatten. Warum? Ich ließ dies kommentarlos stehen.

Glücklicherweise tauchte gerade eine der Kellerinnen auf. Ein Themenwechsel war nötig, um diese schwunglose Konversation zum Leben zu erwecken.

„Hey Rob, das Übliche?", fragte sich mich mit einem süßen Lächeln auf ihren Lippen. Ich hoffte stark, dass sie ebenfalls ein Auge auf mich geworfen hatte und ich demnächst einen Wurf riskieren könnte. Ich hatte andererseits Sorge, dass sie einfach zu jedem so freundlich sein könnte.

Ich bestelle in diesem Lokal jedes Mal dasselbe. Wenn mir etwas gefällt, finde ich es schwer, etwas Neues auszuprobieren. Einzig und allein das Getränk ändere ich hin und wieder, um wenigstens ein wenig Abwechslung in mein Leben zu bringen.

Ich hob meine Hand und bestätigte ihr meine Auswahl mit einem Daumen nach oben. „Das hier ist übrigens meine Schwester, Zara. Zara, das ist Emi ..."

Erneut wurde ich prompt von meiner Schwester unterbrochen. Wie unhöflich.

„Emily, deine Lieblingskellnerin in der ganzen Stadt. Ich nehme nur eine Apfelschorle. Mit ganz viel Eis. Und mach dir keine Sorgen wegen des Verschüttens."

Ich legte meine Hände auf den Tisch und zog viel Luft durch meine Nase. Mir war es sehr unangenehm, wie Zara sich verhielt. Nicht einmal Bitte hatte sie gesagt. Und was meinte sie mit dem Verschütten? War sie jetzt verrückt geworden?

Auch Emily wirkte verunsichert. Doch sie blieb professionell, nickte und lächelte weiter. „Ein schwarzer Kaffee, zwei Stück Fleischkäse, eine Apfelschorle und ganz viel Eis. Wird gemacht ..."

Das Lokal füllte sich allmählich. Die vielen Bauarbeiter kamen mit ihren Fahrzeugen angefahren und nahmen ebenfalls Platz.

Ich versuchte erneut ein Gespräch mit Zara zu beginnen. „Du trinkst nach all den Jahren also immer noch Apfelschorle", meinte ich zu ihr. „Das ist witzig, denn immer, wenn Mama uns früher das Pausenbrot ..."

Aber erneut redet mir Zara ins Wort. „Wenn Mama uns das Pausenbrot vorbereitete, fragte ich jedes Mal nach Apfelsaft. Seither hat sich nichts verändert."

Erneut verschlug es mir die Sprache. Zara beendete immer meine Sätze. „Seltsam, irgendwie hast du es in dieser langen Zeit geschafft, noch unangenehmer zu werden, als du es früher schon warst."

Zara wirkte gelassen und reagierte auf meinen Vorwurf nicht.

Sie blickte stattdessen auf ihre Uhr und bat mich, den Instagram-Account des FC Bayern München zu öffnen.

Ich war perplex, warum sollte ich das tun und warum beschäftigte Zara sich mit Sport? Nichtsdestoweniger griff ich nach meinem Smartphone.

Sie gab mir keine Sekunde Zeit. „Sadio Mané wird in wenigen Sekunden …"

„Warte, warte, warte … Lass mich erst mal dahin gehen. Ich folge ihnen nicht einmal."

Ich öffnete die App und gab oben in der Suchleiste ‚Bayern Mü' ein. Noch bevor ich es ausgeschrieben hatte, wurde mir ihr verifiziertes Profil angezeigt. Sie streamten gerade live.

„Klick auf den Livestream. Sadio Manés Wechsel zum FC Bayern München. Er wird exakt in diesem Moment bekannt gegeben."

Woher sollte Zara das wissen? Sie war doch überhaupt kein Fußballfan. Und plötzlich wusste sie sogar die Namen der Clubs und der Fußballer.

Ich klickte auf das Profilbild ihres Accounts, um auf den Livestream zu gelangen. Tatsächlich. Ein Vertreter der Bayern gab in diesem Augenblickt bekannt, dass Mané von Liverpool zu Bayern wechselt.

„Beeindruckend …", sagte ich. „Ich hätte nie gedacht, dass eine zukünftige Raketenwissenschaftlerin mir sagen würde, ich sollte eine Live-Berichterstattung zum Fußball anschauen. Und was passiert bei Dortmund?"

„Ich auch nicht, Brüderchen. Ich werde das niemals verstehen. Was hat dir das Spielen mit einem Ball bis heute eigentlich gebracht?", fragte Zara mich. Sie wusste wohl nicht, dass ich schon lange keinen Fußball mehr spielte.

Ich lächelte und antwortete stumpf: „Sex. Sex hat es mir gebracht."

„Aha, Sex, auch schön", meinte sie daraufhin unbeeindruckt und verzog ihr Gesicht.

Sie griff sich mein Smartphone und machte den laufenden Livestream aus. Anscheinend war nur der Wechsel von Mané wichtig gewesen. Wieso auch immer. Ich war erstaunt, wie präzise ihre Vorhersage war.

12:07 Uhr, wie ungeschickt

Die Kellnerin kam mit unseren Getränken an unseren Tisch gelaufen. „Ein schwarzer Kaffee …", sagte sie und stellte die Tasse vor mich hin. „Und eine Apfelschorle mit ganz viel Eis …"

Noch bevor sie diese auf dem Tisch servieren konnte, flutschte ihr das Glas aus der Hand. Ich erschrak und zuckte zusammen, weil ich nicht wollte, dass die klebrige Flüssigkeit mir auf die Kleidung floss.

Zara hingegen gab sich keinerlei Mühe, das Glas noch zu stoppen. Sie blieb ganz entspannt sitzen und wartete, bis alles ausgelaufen war.

Unglücklicherweise verteilte sich die ganze Apfelschorle über mein Smartphone, welches mitten auf dem Tisch lag. Es ging auch nicht mehr an. Das war wohl zu viel für das alte Gerät.

„Oh mein Gott, es tut mir so unendlich leid!", sagte Emily und bat mich um Verzeihung.

Ich wollte nicht, dass sie sich schlecht fühlen musste.

„Ganz ruhig, kein Problem. Ich wollte sowieso aufrüsten. Dieses Smartphone hat nun einige Jahre auf dem Buckel. Von daher kommt es ganz gelegen."

Emily war sehr frustriert. „Ich hole dir gleich eine neue Apfelschorle …", meinte sie zu meiner Schwester und ging in großen Schritten zurück an die Theke.

Ich hörte, wie Zara meinte, dass dies nicht nötig sei. Sie verzichte auf das Getränk.

Nun hatte ich einige Fragen. Wir saßen seit etwas mehr als zehn Minuten hier und ich trug ein mulmiges Gefühl in mir. „Woher wusstest du, dass sie dein Glas umkippen würde?"

Sie schnappte sich ein kleines Notizbuch, blickte kurz auf die nächste Seite und antwortete mir: „Ich werde es dir gleich zeigen, los geht's, wir müssen weg von hier."

„Also gut, aber lass uns noch auf meinen Fleischkäse warten. Ich bin ein viel besserer Zuhörer, wenn ich etwas im Magen habe."

Plötzlich piepte die Uhr an Zaras Handgelenk.

„Was ist das?", fragte ich sie neugierig.

Sie wurde sichtlich nervöser. „Der Timer! Wir müssen diesen Ort sofort verlassen."

Sie nahm sich einen Kugelschreiber aus ihrer Tasche, schlug damit zwei Mal auf den Tisch und stand auf.

Beim Weglaufen sagte sie mir, dass ich die Kellnerin bezahlen solle.

Ich verstand gar nichts mehr. Das alles konnten doch keine Zufälle gewesen sein. Aber ich legte ein bisschen Kleingeld auf den Tisch und ging, ohne mich zu verabschieden, hinaus und folgte meiner Schwester.

Ich hoffte, Emily hätte kein schlechtes Gewissen. Nicht dass sie dachte, wir wären ihretwegen gegangen.

12:16 Uhr, eine Zeitreisende

Zara lief die Straße entlang, in die Richtung meines Apartments. Ich beschleunigte, um sie einzuholen.

Unmittelbar hinter dem Lokal blieb sie vor einer Nebenstraße stehen, welche in die Hauptstraße führte. Ich hatte viel Geschwindigkeit, sodass sie mich mit beiden Armen ausbremsen musste.

Als hätte sie es gewusst, kam von der Nebenstraße ein Auto angerast, welches nicht mehr rechtzeitig vor dem Trottoir anhalten konnte. Bei der Vollbremsung quietschen die Reifen des Fahrzeugs. Eine Sekunde früher und ich wäre direkt davor gestanden.

Von da kamen die Autos gewöhnlich mit fünf oder maximal zehn Kilometern pro Stunde.

Ich schaute auf das Kennzeichen des Autos. Es war aus Italien, vielleicht kannte sich der Fahrer hier nicht aus. Mein Herz raste und ich fasste mich an meine schwitzende Stirn. Glück gehabt.

Als wäre nichts passiert, lief meine Schwester vorne an dem Fahrzeug vorbei. Und ich hinterher. Allerdings konnte ich nicht ganz so kommentarlos das Fahrzeug passieren. Als ich vor dem Italiener stand, gab ich ihm ein klares Zeichen, indem ich meine flache Hand vor meinem Gesicht hin und her wedelte.

Ich musste erneut Geschwindigkeit aufnehmen, denn meine Schwester war mir wieder voraus. Sie musste es eilig haben.

„Weißt du noch, wo du früher trainiert hast?", fragte Zara mich, während wir weiter die Straße entlangliefen.

„Du meinst wohl den Parcours in Uzwil?"

Ich erinnerte mich sehr gut daran. Wir waren in Uzwil aufgewachsen.

„Ja genau, du wolltest mich dort immer dabeihaben und ich habe das immer abgelehnt", meinte Zara weiter.

„Ein bisschen mehr Sport hätte dir nicht geschadet, Schwester", sagte ich zu ihr. „Außerdem war es ein guter Ort, um die Zeit zu vergessen."

Zara machte nicht den Eindruck, als würde sie gerne über die Vergangenheit nachdenken. Sie blickte auf ihre Uhr und sagte: „Dort findet heute ein riesiges Event verschiedener Schulen statt. Ein Feuer wird ausbrechen und aus ungeklärten Gründen können die Schüler und Lehrpersonen nicht entkommen. Es werden 27 Personen sterben."

Nachdem was alles in den letzten Minuten passiert war, glaubte ich meiner Schwester, auch wenn ich schwer mit dem Fakt zu kämpfen hatte, dass sie die Zukunft kannte.

„Ich kann meine Freunde von da anrufen und sie informieren. Diese Region hat ihre eigenen Feuerwehrleute."

„Nein, wir haben das bereits gemacht. Sie sind dort angekommen und sind wieder verschwunden, weil das Feuer noch nicht ausgebrochen war."

Mein Gehirn versuchte zu verarbeiten, was sie gesagt hatte, doch all dies war so merkwürdig. Ich war mir nicht sicher, ob Zara vielleicht den Verstand verloren hatte. Es war eine lange Zeit, seitdem wir uns das letzte Mal gesehen hatten. „Du bist also eine Zeitreisende, wie Marty McFly aus *Zurück in die Zukunft*?"

Erneut konnte ich mir ein Lächeln nicht verkneifen. Während ich nur rumblödelte, meinte Zara aber das, was sie darauf antwortete, wohl todernst.

„Eigentlich bin ich in einer Zeitschlaufe und keine Zeitreisende. Ich habe entdeckt, wie ich den kosmischen String manipulieren und für mich mit einer bestimmten Frequenz ausnutzen kann ..."

Mein Kopf setzte komplett aus. „Zara ... was?!"

„Ich kann die Zeit wiederholen", klärte sie mich auf. „Allerdings habe ich noch nicht genug Energie, um weiter als heute zurückzukehren, und ich muss vor Sonnenuntergang alles zurücksetzen, sonst bin ich hier in der Vergangenheit gefangen."

Wir waren so vertieft in dieses Gespräch, dass wir, ohne es zu merken, bereits vor meinem Apartment angekommen waren.

Ich lenkte Zara zu den Parkplätzen, wo wir in mein Auto steigen wollten. Ich nahm den Autoschlüssel aus meiner rechten Hosentasche und öffnete meinen Wagen. Zara lief aber an meinem Auto vorbei. „Komm, steig in mein Auto ...", rief ich ihr hinterher. Sie wollte doch nach Uzwil.

„Deine Batterie ist tot", antwortete sie mir aus immer größer werdender Distanz. „Ich habe für den heutigen Tag einen SUV gemietet."

Ich stieg nichtsdestoweniger in mein Auto. „Meine Batterie ist bestimmt nicht tot."

Ich war am Vortag noch damit unterwegs gewesen. Ich steckte den Schlüssel in den Schlitz und versuchte meinen Wagen zu starten.

Beim ersten Versuch gelang es mir nicht. Ich war sprachlos. Es erstaunte mich so, dass ich es kein zweites oder drittes Mal versuchen wollte. Also stieg ich wieder aus, knallte die Tür zu und schloss meinen Wagen ab.

Ich musste meiner Schwester zum wiederholten Male hinterherrennen. „Okay, aber ich fahre trotzdem", sagte ich ihr.

So etwas hatte ich in meinem Leben noch nicht erlebt. Ich kannte solche Prophezeiungen aus Filmen, aber das hier war die Realität.

12:30 Uhr, die Panne

Im Auto war Zara sehr auf ihren Notizblock fokussiert. Es schien, dass sie den ganzen Ablauf genau geplant und dokumentiert hatte.

Vor der Ampel, an welcher eine Straße auf die Autobahn führte, meldete sie sich wieder zu Wort. „Geh nicht auf die A1, bleib auf der Hauptstraße und fahr erst eine Auffahrt weiter auf die Autobahn."

„Auf der Autobahn sind wir viel schneller, Zara", meinte ich leicht genervt. Ich mochte es nicht, wenn sich jemand während der Fahrt einmischte.

„Auf der Autobahn verlieren wir bei hoher Geschwindigkeit ein Rad. Daraus resultiert ein riesiger Unfall …"

Auch wenn ich ihr nicht glauben wollte, brachte mich irgendwas in mir dazu, ihr trotzdem zu gehorchen.

Also bog ich links ab und fuhr an der Autobahnauffahrt vorbei.

Ich fuhr weiter die Hauptstraße entlang. Das Ampelglück war nicht auf unserer Seite. An jeder Kreuzung musste ich anhalten.

An einer roten Ampel klopfte ein Fahrradfahrer auf meiner Seite an mein Fenster.

Das war sehr ungewöhnlich, denn die Fahrradspur war auf der rechten Seite und hier konnte er nirgends nach links abbiegen. Ich öffnete mein Fenster und er behauptete, dass er meinen Wagen beim Vorbeifahren zerkratzt habe. Ich solle da vorne schnell in eine Gasse, dann könne er mir die Versicherungsdaten aushändigen.

Ich hatte allerdings keinen Aufprall gehört und ich war überzeugt, dass ich ihn hätte hören müssen.

Zara, welche ihre Aufmerksamkeit bis hierher ganz auf ihren Zettel gerichtet hatte, reagierte plötzlich hektisch. Sie ließ ihre Notizen fallen und drückte mir mit voller Wucht auf den rechten Oberschenkel, woraufhin ich Vollgas gab.

„Zara, willst du uns umbringen?", fluchte ich lautstark.

Durch ihren Druck konnte ich mein Bein nicht mehr vom Gas lösen. Ich fuhr wie ein Schwerkrimineller über die rote Ampel.

„Ich erkläre es dir, wenn wir unseren Reifen repariert haben …"

„Was?!" Ich wusste nicht, wovon sie redete, als von einem auf den anderen Moment das Auto nach einem Knall vorne links leicht einsackte. Ein Reifen war geplatzt.

„Was zum Teufel passiert hier, Zara?"

Ich war außer mir und schlug mit der flachen Hand auf das Lenkrad.

Zara blätterte in ihren Notizen. „Fahr noch etwa einen Kilometer, da haben wir eine sichere Einbuchtung, um das Rad zu wechseln."

Mit dem geplatzten Reifen ging es dann zu dem besagten Punkt. Die Lenkung war extrem schwammig und ich hatte ein sehr schlechtes Gefühl dabei. Die Felge hatte mittlerweile den Boden erreicht. Wir fielen überall auf. Klar, wenn man beim Fahren solch ein störendes Geräusch erzeugt.

Meine größte Angst war es, dass wir irgendeinem Polizisten auffallen würden. Ich hatte keinerlei Lust, mich dann noch erklären zu müssen.

Meter für Meter kamen wir dem Ziel endlich näher. Weil ich so langsam fahren musste, bildete sich hinter mir eine unangenehm lange Kolonne. Selbst die Linienbusse kamen wegen mir einige Minuten zu spät.

Ich bog in diese Lücke ein, stellte das Fahrzeug in den Parkmodus und zog die Handbremse. Ich war so froh. Ich traute mich gar nicht in die Gesichter zu blicken, welche an uns vorbeifuhren. „Die haben bestimmt alle unsere Mutter beleidigt", meinte ich zu Zara, während ich den Autos hinterherschaute.

Zaras Uhr piepste wieder einmal. „Wir haben keine Zeit", und stieg aus dem stehenden Fahrzeug.

Ich tat es ihr gleich. Der Mietwagen hatte ein Reserverad am Kofferraumdeckel montiert. Ob sie die Auswahl des Autos auch vorher geplant hatte? Ich wusste es nicht.

Ich nahm das Rad vom Heck ab, öffnete den Kofferraum und fand das passende Werkzeug darin. Alles ordentlich platziert. Wie sollte es bei all diesen Zufällen auch sonst sein?

Mit einem Wagenheber hob ich das Auto ein wenig an und begann das defekte Rad zu lösen.

Es machte nicht den Eindruck, als würde mir Zara helfen wollen. Sie blickte ständig auf ihren Notizblock und blätterte vor und zurück. Hin und wieder machte sie sich auch neue Notizen.

„Kannst du mir bitte das Werkzeug reichen?", fragte ich sie höflich.

Sie schnappte sich umgehend die ganze Kiste und legte sie neben mich hin. „Du weißt, dass ich keine Ahnung davon habe ...", meckerte sie.

„Ja, das weiß ich in der Tat."

Ich erinnerte mich an unsere gemeinsame Zeit. Zara hatte wirklich zwei linke Hände. Während ich das Rad auswechselte, dachte ich weiter an die Vergangenheit zurück. „Weißt du noch, damals, als du dich ins System der Schule gehackt und mich zum Schulsprecher gemacht hast?", fragte ich sie und verfiel in eine nostalgische Stimmung.

„Du hast es dir so sehr gewünscht. Ich musste es tun, du hast ununterbrochen davon geredet. Ich erinnere mich nur schwach. Warum wurdest du dann eigentlich doch nicht Schulsprecher?"

„Zara, ich war damals in der fünften Klasse. Schulsprecher konnten erst Sechstklässler werden ...", erklärte ich es ihr.

Auf meiner Stirn sammelte sich der Schweiß. Die pralle Sonne schien auf uns herab.

„Du warst damals erst in der Fünften?", fragte Zara und versuchte sich angestrengt daran zu erinnern.

Ich nickte. Sie brachte mich erneut zum Lächeln. „Ja, du hast es damals komplett vergeigt, ohne es zu merken.

Die Lehrer haben mich wegen Betrug beschuldigt, da ich gar nicht in der Auswahl zum Schulsprecher stand. Ich musste zum Schuldirektor und mich rechtfertigen."

Zara verstummte. Sie war als Kind schon sehr talentiert gewesen, sie konnte den Code des Schulsystems knacken, aber hatte vergessen, wie alt ich war.

Nur noch wenige Minuten und ich war mit dem Rad so weit.

Ich versuchte mich von der Nostalgie zu lösen und griff das aktuelle Thema wieder auf. „Seitdem wir in diesem Lokal saßen, ist gefühlt die ganze Welt gegen uns, Zara."

„Ja, das ist sie tatsächlich", antwortete sie mir, während sie immer wieder auf ihren Notizblock schaute. „Die Zeit ist eine Wissenschaftlerin. Wir sind wie Ratten in ihrem Labyrinth gefangen. Sie will nicht, dass wir aus diesem Labyrinth entkommen, also stellt sie uns immer wieder neue Fallen, baut Mauern und trickst uns aus."

Ich war wie blockiert. Das Ganze ergab für mich absolut keinen Sinn, aber ich sah es mit meinen eigenen Augen.

Zara führte ihre Erklärung fort. „Rob, hundert Dinge werden schiefgehen, damit wir dieses Feuer nicht erreichen. Ich ging wiederholt durch diesen einen Tag, immer und immer wieder, und immer kam uns etwas dazwischen. Ich konnte es nach all diesen Versuchen immer noch nicht schaffen, mit dir zu diesem Feuer zu gelangen."

„Also hatten wir dieses Gespräch bereits einmal?", fragte ich voller Skepsis.

Sie bejahte mir dies.

„Also, was werde ich als Nächstes sagen?"

Für zwei Sekunden herrschte Ruhe, bis wir beide zeitgleich anfingen zu reden.

„Das war eine Fangfrage, ich werde absolut gar nichts sagen." Und dann zeigten wir uns beide den Mittelfinger.

Es musste also stimmen. Das ganze Theater rund um dieses Feuer musste wahr sein.

Ich schüttelte ungläubig meinen Kopf.

Erneut piepste Zaras Armbanduhr. Sie klickte mehrmals auf die Druckhülse ihres Stifts und meinte nur, dass ich die Montage beenden solle. Wir müssten unbedingt weiter.

Gesagt, getan. Ich wischte meine Hände an meinen Jeans ab, versorgte das defekte Rad und das Werkzeug im Kofferraum und stieg ein. Endlich konnte es mit der Fahrt weitergehen.

13:17 Uhr, Konzentration

Das Abenteuer setzte sich nun fort. Zara lenkte mich endlich auf die Autobahn. Bis nach Uzwil waren es nur noch wenige Minuten.

Auf der Autobahn fiel mir auf, dass das Radio ausgeschaltet war. Dies war mir auf der Hauptstraße aufgrund der geringen Geschwindigkeit nicht aufgefallen.

„Lass uns etwas Musik hören", sagte ich und führte die rechte Hand zum Hauptschalter für das Radio.

Noch bevor ich das Radio erreichen konnte, stoppte mich Zara. „Nein, keine Musik, wir müssen uns strikt an den Plan halten. Wenn wir das nicht tun, werden schlimme Dinge geschehen."

„Ja, wer braucht schon beruhigende Musik, wenn wir eine nervende, piepsende Uhr haben?", meckerte ich.

Zara wirkte von Minute zu Minute nervöser. Sie hielt ihren Daumen ununterbrochen an die Druckhülse ihres Kugelschreibers und klickte darauf herum.

„Gehört das nervige Klicken auch zum Plan?", fragte ich und stellte die Klimaanlage eine Stufe höher.

Zara unterbrach daraufhin das nervöse Klicken und steckte den Stift auf den Notizblock.

Kurz vor der Ausfahrt bat mich Zara, nicht links abzubiegen, sondern rechts, weg von Uzwil, und dann im Kreisverkehr zu drehen.

Ich seufzte, doch glaubte, dass es schon seinen Grund haben würde. Wie bisher alles, was wir gemacht hatten.

Also blinkte ich nach rechts, fädelte in den Verkehr, fuhr die 300 Meter bis zum Kreisel und drehte mich darin um 180 Grad.

An der nächsten Ampel mischte sich Zara erneut ein. „Hier bitte nicht rechts abbiegen. Nimm den langen Weg und fahr geradeaus."

„Aber rechts ist man viel schneller am Parcours."

„Ich weiß, Rob, aber ein Rohrbruch unter der Straße schleudert unseren Wagen mehrere Meter in die Luft."

Ich öffnete meine Augen weit. Gefühlt wurden die Vorhersagen immer radikaler, je näher wir unserem Ziel kamen.

Auf dieser Straße verfiel ich erneut meinen Erinnerungen. Hier hatte ich meine ganze Kindheit verbracht. Seit ich weggezogen war, hatte ich hier aber nichts mehr unternommen.

Ein weiteres Mal suchte ich ein Gespräch mit Zara. „Was hast du die letzten sechs Jahre eigentlich so getrieben?", fragte ich sie neugierig.

Sie schien in diesem Moment allerdings wieder komplett geistesabwesend zu sein und murmelte etwas vor sich hin.

„Ich habe es mit dir nie an der Straßenblockade vorbei geschafft", sagte sie mir.

Also fing ich ohne große Lust an, aus meinem eigenen Leben zu erzählen.

„Bei mir war wirklich viel los. Lia und ich sind von Uzwil weggezogen, allerdings stritten wir uns immer wieder. Jedes Mal, wenn ich sie fragte, ob wir so weit wären, Kinder zu bekommen, rastete sie aus.

Also haben wir uns vor vier Jahren schließlich getrennt. Ich habe gemerkt, dass dir das gar nicht aufgefallen ist, weil du im Lokal immer noch dachtest, dass ich mit Lia zusammen wäre. Aber ich bin es seit einer Ewigkeit schon nicht mehr ..."

Ich redete und redete, aber es schien Zara gar nicht zu interessieren.

Während meines Monologs kamen wir fast beim Parcours an. Ich bog in die letzte Straße vor dem Wald ein, als erneut ein Piepsen von ihrer Armbanduhr ertönte. Immer, wenn dies geschah, mussten wir offenbar etwas tun, was auf dem Plan stand. Und so war es auch.

Zara berührte meinen Oberschenkel. „Schnell, fahr da links rein", schrie sie.

Ich erinnerte mich, dass sie gesagt hatte, wir hätten es nie weiter als hierher geschafft.

„Halt an, Rob!"

Vor uns stand ein Mann, welcher die Uniform des Zivildienstes anhatte. „Soll ich nicht an ihm vorbeifahren? Ich kann Vollgas geben!"

„Nein, das hast du mir bereits einmal vorgeschlagen und wir haben es auch ausprobiert. Wir überschlugen uns, kamen von der Straße ab und rollten diesen Berg hinunter. Keine gute Idee."

Mir lief es kalt den Rücken herunter. So ziemlich jedes Ereignis, welches bis dahin geschehen war, war entweder verheerend oder gar tödlich.

Ich entschied mich nachzugeben, fuhr links ran und parkte das Auto kurz vor der Straßenblockade.

13:33 Uhr, Miauzi

„Was ist jetzt der Plan?", fragte ich meine Schwester besorgt. Ich spürte die Anspannung nun auch deutlich bei mir.

Sie sah auf ihren Notizblock und blätterte um. Allerdings blickte sie nun auf eine komplett leere Seite.

„Jetzt muss ich mir was Neues einfallen lassen", antwortete sie, legte ihre Schreibutensilien in die Mittelkonsole und stieg aus dem Fahrzeug aus.

Ich schaltete den Wagen ab, betätigte die Handbremse und öffnete das Fenster auf meiner Seite. Die Hitze sollte sich im Auto nicht stauen.

Zara hingegen lief mit erhobener Brust auf diesen Arbeiter zu, welcher die Straße blockierte.

Ich stieg ebenfalls aus. Aus der Distanz hörte ich den Arbeiter rufen: „Die Straße ist wegen eines Events heute gesperrt."

Zara schien es nicht zu interessieren. Sie ging immer näher an ihn heran. Zwei Meter vor dem Arbeiter blieb sie stehen. Ich näherte mich ebenfalls und stellte mich neben sie.

Der Mitarbeiter blickte Zara in die Augen. „Die Straße ist gesperrt, hört ihr nicht gut?"

Für einige Sekunden herrschte Ruhe. Keiner sagte etwas, bis Zara zu reden anfing.

„Ich habe heute Morgen deinen Beitrag auf Facebook gesehen. Deine Katze, die du als vermisst gemeldet hast, ist mir kurz vor dem Mittag über den Weg gelaufen. Du warst nicht zu Hause, also habe ich sie bei deinem Nachbarn abgegeben, damit sie irgendwo sicher ist."

„Du meinst Miauzi? Du hast Miauzi gefunden?"

Der Mitarbeiter mit der leuchtend orangen Weste schien überglücklich. „Aber woher wusstest du, dass ich hier bin?", fragte er. „Ach, ganz egal! Hauptsache, sie ist zurück."

Er bedankte sich mehrmals und gab Zara die Hand.

Sogleich ging er an sein Smartphone und rief einen seiner Kollegen an.

Als er zu seinem eigenen Fahrzeug lief, hörten wir ihn sprechen. „Jo Kumpel, du musst mich unbedingt beim Vita-Parcours in Uzwil ablösen. Kannst du dich noch an die Geschichte mit meiner Katze von heute früh erinnern? Jemand hier hat Miauzi gefunden, ich muss sofort nach Hause …"

13:40 Uhr, der Antiheld

Ich war beeindruckt. „Es hat bestimmt viele Zeitschlaufen gekostet, um seine Katze zu finden."

„Ach was", antwortete mir Zara trocken. „Ich habe sie heute früh aus seinem eigenen Garten geklaut."

Der Arbeiter fuhr los. Er bewegte sich zwischen den Geschwistern durch.

„Okay, ab jetzt gehen wir zu Fuß", befahl Zara. „Her mit dem Schlüssel."

Ich griff in meine Hosentasche und warf ihr den Schlüssel viel zu fest zu.

„Also, bist du bereit die Welt zu retten?", fragte ich dabei.

Sie streckte ihren Arm aus, allerdings traf sie der Schlüssel voll im Gesicht. „Darauf warst du nicht vorbereitet, was ist los?", scherzte ich und lief in den Wald. „Willst du nicht zurückreisen und es erneut versuchen?"

„Nein. Los geht's." Zara blieb ihrer Linie treu.

Gemeinsam ging es dann in den Wald bis hin zur Feuerstelle. Unterwegs sahen wir viele Schüler. Auch an der Feuerstelle befanden sich ein paar Schüler und eine Lehrerin.

Ich stellte mich kurz vor und sagte, dass ich von der Feuerwehr sei.

„Es tut mir leid, Freunde, heute gibt es leider kein Feuer mehr."

Das Feuer war noch ziemlich frisch. Sie hatten gerade versucht es anzufachen.

Ich trat mit meinem Stiefel auf die Glut und löschte es ohne größere Probleme. Die Schüler waren gar nicht begeistert. Ich erklärte der Lehrerin, dass es aufgrund der Hitze sehr gefährlich sei, jetzt ein Feuer zu entzünden.

Die Schüler und die Lehrerin entfernten sich daraufhin von der Feuerstelle und gingen zu einem ihrer vielen Posten.

Ich war glücklich, dass wir dieses schreckliche Ereignis hatten verhindern können. „Wir haben es geschafft", sagte ich und fing vor Freude an zu jubeln.

Auch Zara machte zum ersten Mal einen fröhlichen Eindruck. Sie sagte: „Ich bin froh, dass du hier bist."

Nach einer innigen Umarmung begutachtete ich die Feuerstelle etwas genauer.

„Seltsam. Die Feuerstelle wirkt eigentlich sehr ungefährlich. Der Boden ist hart und es herrscht ein großer Abstand zu den Büschen und Bäumen. Im Prinzip ein perfekter Ort, um zu grillen, auch bei diesen enorm hohen Temperaturen ..."

Ich war noch nicht fertig mit meinem Urteil, als plötzlich mein Pager von der Feuerwehr ansprang.

„Was ist das?", fragte mich Zara irritiert. Damit hatte sie wohl nicht gerechnet.

„Das ist mein Feueralarm."

Ich packte meinen Pager aus und schaute auf die Meldung.

„Großbrand in der Stiftsbibliothek beim Kloster in St. Gallen. Nur einige Straßen weiter von unserem Lokal."

Ungläubig schaute ich in die Augen von Zara. „Warum hast du mich hierhergebracht?"

Zara musste schlucken.

„Wenn du in St. Gallen geblieben wärst, wärst du gestorben", antwortete sie mir. „Wir haben hunderte Male versucht das Feuer zu löschen, aber jedes Mal bist du nicht mehr rausgekommen. Wir hatten das elektrische Feuer gelöscht und plötzlich brannte der Ofen in der Küche nebenan. Wir stoppten das Feuer in der Küche und vier Teenager entzündeten dann versehentlich ein Feuer. Das Feuer bricht immer wieder aus, und immer wieder stirbst du. Und ich lebe alleine weiter. Auch wenn wir es schaffen, einige Leute zu retten, bleibst du irgendwie immer stecken, also habe ich einen anderen Weg aus diesem Labyrinth gesucht, weit weg von dem Feuer. Ich habe Tage damit verbracht, einen perfekten Ort zu finden, wo wir sicherer wären. Und dann kam es mir in den Sinn. Der Vita-Parcours, hier, wo du so viel Zeit verbracht hast, als du jünger warst."

Ich war schockiert von dem, was meine Schwester mir da erzählte. In mir schien etwas platzen zu wollen. Da draußen starben Menschen. „Feuerwehrmänner rennen nicht vor einem Feuer davon, Zara ..."

Meine Schwester führte ihre Erklärung fort. „Jedes Mal brachte dich irgendetwas zurück zum Feuer. Und wenn ich es schaffte, diese Details zu beseitigen, hat dich irgendwas anderes auf dem Weg aus der Stadt getötet."

Sie wurde immer lauter. „Aber dieses Mal habe ich dich gerettet, Rob. Ich habe dich gerettet!"

13:49 Uhr, aus der Sicht von Zara

Ich erklärte Rob, warum ich ihn hierhergebracht hatte, doch schien er überhaupt nicht dankbar zu sein, im Gegenteil.

Er packte mich mit beiden Armen an den Schultern.

„Ich muss nicht gerettet werden, Zara", schrie er mich an. „Warum interessiert es dich jetzt plötzlich, wie es mir geht? In all den Jahren hast du kein einziges Wort mit mir getauscht. Du wusstest nicht einmal, dass ich mich von Lia getrennt hatte." Rob war stinkwütend.

Erneut versuchte ich mich zu rechtfertigen. „Hör zu, wenn ich es noch ein paar Male versuche, können wir vielleicht alle retten."

Rob platzte daraufhin der Kragen. „Mich interessiert deine Zeitschlaufe nicht, Zara!"

Seine Wut machte mir allmählich Angst. „Aber wenn es dich nicht interessiert, warum bist du dann mitgekommen?"

„Weil ich verdammt noch mal etwas Zeit mit meiner Schwester verbringen wollte …"

Erst jetzt realisierte ich es. Trotz all der Jahre der Abwesenheit und Stille war Rob bereit mir zu verzeihen.

„Gib mir den Schlüssel, Zara", befahl mir Rob.

Nach all dieser Mühe konnte ich es aber nicht erneut so enden lassen.

„Nein, ich kann sie dir nicht geben."

„Gib mir den gottverdammten Schlüssel, Zara!"

Es endete in einem Gerangel. Rob wollte mir mit Gewalt den Schlüssel aus der Hand reißen. Ich wehrte mich.

„Gib mir endlich den Schlüssel, es sterben Menschen", wiederholte sich Rob.

Ich löste mich von ihm und warf den Schlüssel in den Wald, in der Hoffnung, dass er für immer verloren war.

Rob hatte den Schlüssel aber genau beobachtet und gesehen, wo er gelandet war. Er lief schnurstracks darauf zu.

Ich rannte ihm hinterher und stolperte. Beim Versuch, mich an ihm festzuhalten, riss ich Rob ebenfalls zu Boden.

Rob landete mit dem Kopf exakt auf einem scharfen Baumstumpf. Er blieb reglos liegen. Der Aufprall war tödlich. Erneut hatte ich es nicht geschafft, ihn zu retten. Dieses Mal starb er von meinen eigenen Händen. Hilflos setzte ich mich neben seinen Körper.

Ich hatte ihn jetzt schon so oft sterben sehen. Ich war mittlerweile abgehärtet.

In meinem Kopf ging ich das Ganze noch mal durch. Ich hatte dafür gesorgt, dass sein Smartphone kaputt ging, er das Radio nicht einschaltete und der Arbeiter ihn nicht über das Feuer in der Stadt aufklärte. Nur diesen verdammten Pager hatte ich nicht berücksichtigt.

Es hatte alles so gut funktioniert. Rob wurde nicht von dem Auto beim Lokal angefahren, der Fahrradfahrer an der Ampel hatte ihn nicht erschossen und der Reifen platzte nicht auf der Autobahn.

Auch der Reifenwechsel gelang aufgrund dieser Parklücke, ohne dass wir angefahren worden wären.

Ich hatte an alles gedacht. Aber schlussendlich hatte ich ihn mit meinen eigenen Händen getötet. Es war Schicksal.

Es gab wohl keinen Ausweg aus diesem endlosen Labyrinth.

Ich dachte erneut an Robs letzte Worte, betätigte meine Armbanduhr und ging ein letztes Mal in der Zeit zurück.

11:56 Uhr, Versuch 198

Wiederholt saß ich an diesem besonderen Tisch. Kurz vor der Mittagspause, im Lieblingslokal meines Bruders. Gleich sollte Rob durch diese Tür treten. Ich war es langsam leid geworden, immer und immer wieder dasselbe zu sagen. Ich schrieb in meinem Notizblock den neuen Versuch auf. Es war Versuch 198. Fast hatte ich die 200 Versuche voll.

Dann hörte ich, wie jemand durch die Eingangstür lief. Es war Rob. Dieses Mal freute ich mich wirklich, ihn wiederzusehen. Also rief ich ihm zu: „Hey Rob!"

Er drehte sich zu mir und wirkte überrascht. Klar, wie sollte es auch anders sein. Schließlich wiederholte sich diese Szene immer und immer wieder.

Ich öffnete meine Arme. Allerdings stand ich dieses Mal auf und ging ihm entgegen.

„Zara?", erwiderte er erfreut und kam mir ziemlich verschlafen entgegen. „Was machst du denn hier? Wir haben uns seit Jahren nicht mehr gesehen."

„Darf ich denn nicht meinen geliebten Bruder in der Stadt besuchen kommen?"

„Hey, ich wollte mich nicht beschweren, aber ich dachte, du arbeitest an der nächsten Mondrakete oder an einem fliegenden Auto", antwortete er und fing an zu lachen. „Herrje, wie lang ist es her, dass wir uns das letzte Mal gesehen haben …"

Dieses Mal ließ ich ihn aussprechen. „Das muss doch sicher über sechs Jahre her sein."

„Ich weiß es nicht so genau, aber irgendwo da werden wir uns wohl bewegen", antwortete ich ihm.

Emily, die Kellnerin des Lokals, kam dann an unseren Tisch.

„Hey Rob, das Übliche?", fragte sie meinen Bruder, mit einem großen Lächeln auf den Lippen.

Rob hob seine Hand und bestätigte seine Bestellung mit einem Daumen nach oben.

„Das hier ist übrigens meine Schwester, Zara. Zara, das ist Emily, meine Lieblingskellnerin in der ganzen Stadt."

Ich nickte und reichte ihr meine Hand. „Freut mich, dich kennenzulernen, Emily. Ich hätte gerne eine Apfelschorle, bitte."

Sie bestätigte unsere Bestellung und ging zurück an den Tresen.

Ich versuchte die Stimmung zu lockern. „Es tut mir leid wegen Lia und dass ich dich nicht angerufen habe. Es war nicht korrekt von mir, ich hoffe, du kannst mir verzeihen."

„Ach, weißt du was? Das macht gar nichts. Wir hatten unsere Differenzen und sind dann unserer Wege gegangen. Schlimmer wäre es gewesen, wenn wir bereits meinen Kinderwunsch erfüllt gehabt hätten."

Rob winkte mit seiner Hand ab und zeigte mir damit, dass ich nicht weiter auf dieses Thema eingehen sollte.

„Aber diese Emily ist wirklich ein heißer Feger, hast du dein Glück bei ihr schon ausprobiert?", fragte ich ihn und stupste ihn schüchtern an. Ich merkte an seinem Verhalten, dass er etwas von ihr wollte.

Mein Bruder wurde ganz rot im Gesicht. Das letzte Mal, als wir so rumalbern konnten, war lange her.

Plötzlich piepste meine Uhr. Der Plan wollte, dass ich ihm nun die erste Vorhersage machte. Auf diese Weise sollte er mir glauben, dass ich in einer Zeitschlaufe unterwegs war.

„Was ist das?", fragte Rob neugierig und blickte auf meine Armbanduhr.

Ich öffnete meinen Mund und entschied mich im letzten Moment noch, meine Aussage zu ändern. „Ach, das ist gar nichts. Ich habe sie nur so eingestellt, dass sie um Punkt zwölf klingelt, damit ich bloß nicht vergesse, etwas zu essen."

Ich musste selbst lachen. So etwas Dämliches hatte ich schon lange nicht mehr gesagt. „Erzähl doch mal, was hast du in all den Jahren so erlebt? Ich möchte so gerne alles darüber wissen", fügte ich hinzu und stützte mich mit meinen Ellenbogen auf den Tisch.

Rob fing an, über seine Karriere und darüber zu berichten, wie er viele Abenteuer mit seinen Freunden erlebt hatte. Er erzählte mir auch, wie sehr er mich in dieser langen Zeit vermisst habe, seit ich ins Ausland gezogen war.

Seine Aussagen schmerzten mich bis tief in mein Herz. Vor allem da ich wusste, dass es unsere allerletzte Konversation sein würde.

Ich entschied mich, alle seine Informationen zu schlucken und tief in mich aufzunehmen. Ich saß einfach da und hörte ihm aufmerksam zu und gab ihm zurück, was ich dachte.

Emily brachte uns unsere Bestellung und schüttete meinen Drink aus. Dieses Mal lag Robs Smartphone allerdings nicht mitten auf dem Tisch. Ich wusste, dass es, wenn sein Smartphone ganz bliebe, nur noch wenige Minuten dauern würde, bis seine Freunde versuchen würden, ihn anzurufen.

Die Kellnerin entschuldigte sich herzlichst und versprach, mir ein neues Getränk zu bringen.

Dann war es schließlich so weit. Robs Smartphone klingelte. Er nahm den Anruf entgegen und antwortete seinem Kollegen.

„Ich bin in zehn Minuten da", hörte ich ihn sagen.

Ich musste schlucken. Das Gespräch am Telefon war rasch zu Ende, denn jetzt musste es schnell gehen.

„Wie lange bist du in der Stadt?", fragte Rob mich, während er sein Essen schnellstmöglich in sich hineinwürgte. „Ich muss unbedingt los, in der Stadt gibt es einen Großbrand bei der Stiftsbibliothek. Ich darf nicht zulassen, dass das Feuer unsere Geschichte verbrennt."

Er versprach mir, allerspätestens am Abend wieder verfügbar zu sein.

Ich nickte und sagte ihm, dass ich bis Ende dieser Woche noch in der Stadt sein werde.

Schließlich trank er noch den letzten Schluck von seinem schwarzen Kaffee und stand von seinem Platz auf.

Rob wollte mir die Hand reichen, doch ich entschied mich erneut aufzustehen und ihn noch ein letztes Mal in den Arm zu nehmen. Ich genoss jede Sekunde mit ihm.

Es tat mir verdammt weh. Ich bereute es, mich all die Jahre nicht gemeldet zu haben. Ich hatte die Karriere über unsere Beziehung gestellt, was ein Fehler gewesen war.

„Bis heute Abend …", sagte er noch zu mir und rannte aus dem Lokal hinaus. Er vergaß sogar zu bezahlen.

Emily kam an meinen Tisch. „Ach, wir sind das gewohnt, wir schreiben uns seine Bestellung einfach fürs nächste Mal auf."

„Weißt du was, heute bezahle ich für ihn. Hat er noch was von früher offen?"

Es war mir bewusst, dass er nicht mehr wieder kommen würde. Ich kämpfte mit den Tränen, bezahlte das Essen für uns beide und verließ ebenfalls das Lokal.

Auf dem Weg zu meinem Mietauto sah ich noch, wie mehrere Feuerwehrautos mit Blaulicht und Sirene an mir vorbeifuhren.

Es gibt einfach keinen Ausweg aus diesem Labyrinth.

Nachwort des Autors

Liebe Leserin, lieber Leser …

Ich hoffe diese Sci-Fi-Kurzgeschichte hat Dir gefallen. Herzlichen Dank für deine Mühe und den Aufwand, den Du dafür betrieben hast. Ich weiß Deine Unterstützung sehr zu schätzen. In naher Zukunft werden neben den Hauptprojekten ebenfalls diese „kleineren" Projekte veröffentlicht. Um Dein Feedback entgegennehmen zu können, wäre ich Dir sehr dankbar, wenn Du zu dieser Geschichte eine Rezension schreiben würdest. Liebend gerne auf Lovelybooks.de oder bei dem Buchhändler Deines Vertrauens. Zu einem späteren Zeitpunkt werde ich die meistgelesenen Kurzgeschichten in einem großen Bundle veröffentlichen. Natürlich darfst Du in den Feedbacks auch Vorschläge für zukünftige Projekte machen. Ihr dürft euch auf weitere aufregende und spannende Auseinandersetzungen freuen.

Ich bedanke mich bei meiner Familie und meinen Freunden, welche mich bei diesem Vorhaben tatkräftig unterstützt haben.

Bis bald, liebe Freunde,

Euer Patrik, haut rein.

Der Autor – Kurzbiografie und Werke

Patrik Musollaj, geboren im Januar 1995, kommt aus der Gemeinde Uzwil im Osten der Schweiz. Seine Wurzeln hat er im Kosovo, weshalb er auch zweisprachig aufwuchs. In der Schule lernte er die deutsche Sprache und die Kultur der Schweizer kennen, während er in seinen persönlichen vier Wänden kulturell albanisch aufwuchs. Sein Interesse für Kunst zeigte sich bereits in frühen Jahren. Trotzdem entschied er sich, für seine Zukunft einen handwerklichen Beruf zu erlernen und mit dieser Basis seine Karriere in der Arbeitswelt zu beginnen. Mit der Veröffentlichung seines ersten Buches »Divine Artifacts: Der verlorene König« startete Patrik seinen Traum, Bücher zu schreiben.

Vertretung auf Social Media:

Lovelybooks: Patrik Musollaj
https://www.lovelybooks.de/autor/Patrik-Musollaj/

LinkedIn: Patrik Musollaj
https://www.linkedin.com/in/patrikmusollaj/

Instagram: Patollaj
https://www.instagram.com/patollaj/

Weitere Werke von Patrik Musollaj

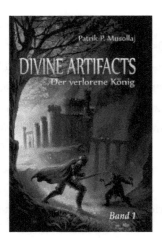

Divine Artifacts: Der verlorene König (Band 1) – 290 Seiten

Seit Jahren ist der König von Astraladia verschwunden und es gibt manche, die seinen Platz einnehmen wollen. Die Königstreuen um Sir Harris und seinen Pagen Ray versuchen die Ordnung im Land zu wahren. Doch der Barbarenfürst Viggo mit seiner mächtigen Armee könnte einem der Thronanwärter helfen. Als Ray Ritter wird, muss er sich gleich in Schlachten gegen sie beweisen. Er lernt viel, auch dank den anderen Vasallen. Aber wem von ihnen kann er trauen, wer ist nur auf Macht aus? Und wo ist der König überhaupt? Dass Astraladia in Unruhe ist, hat auch mit der Geschichte der Königsfamilie zu tun, die im Dunkeln liegt. Ist hier der Schlüssel für das Verschwinden des Königs zu finden? Ray macht sich auf die Suche, auch nach seiner eigenen Rolle und Zukunft.